AF349678

LOVANGE
DE LA FRANCE
AV ROY POVR
LA PAIX DE CE
ROYAVME.

A PARIS,

Chez PHILIPPES DV PRE, Imprimeur li-
braire Iuré en l'vniuersité de Paris, demourant
tuë des Amendiers à la Verité.

1614.

MANET VLTIMA CELO

LOVANGE
DE LA FRANCE AV
ROY POVR LA PAIX
DE CE ROYAVME.

SIRE, quiconque soit qui fera vostre histoire
Honorant vostre nom d'eternelle me-
moire,
Afin qu'à tout jamais les peuples à venir
De voz belles vertus se puissent souuenir.
Dira que vostre esprit (tresmagnanime Prince)
A eu pour heritage vne riche prouince,
Puisque vous succedez a ce HENRY le grant,
Ce Mars de nostre siecle & ce fort conquerant:
De qui le cœur hautain parfit tant d'entreprises
Qui en si peu de tems ont esté a fin mises.
Qui pres d'Arque & d'Iuri courageux bataillant
Se montra bien heureux & ensemble vaillant:
Qu'entrant en son Louure a vec sa grand clemence
Retablit en Cesar les ruines de France.

A ii

Mais qui montant aux cieux nous à laissé icy
Son espouse : qui à du Royaume soucy,
Et soucy d'esleuer en vertu votre enfance,
Et faire que chacun vous rende obeissance :
Plustost par la douceur que par rudes moyens,
Iose parler a vous race des Rois Troyens,

Quãd vous auriez fait guerre & bien rõpu la teste
L'espace de vingt ans, encores la conqueste
N'en sera si louable & l'effet si certain :
Et auriez fait mourir cent mille hommes en vain
Au tour d'vn froid village, ou d'vne pauure ville,
D'vn petit chastelet, pour le rendre seruile.

Des Princes vous auez regaigné le suport
Que les Rois voz ayeux ont estimé si fort
Que non du seul penser l'oserent entreprendre :
Vous l'auez entrepris, & si l'auez sceu prendre.
Bref vous estes le Roy qui ieune auez esté
Fait Roy en pleine paix, honoré redouté
Vous n'ignorez comment fortune sur sa rouë
Des Princes & des Rois en s'en moquant se iouë :
Elle vous a monstré que peuuent les cõbas,
Aucunes fois en haut aucunesfois en bas
Vous voyez en lisant : pour exemple qu'au monde
Vn Roy tant soit il grand d'infortunes abonde.

Mais Dieu à inspiré votre cœur & celuy,
Des Princes & Seigneurs de la France l'appuy,

L'accord nõⁿ viẽt des cieux li faut biẽ qu'õ le garde:
Ceux qui le gardent bien, le haut Dieu les regarde,
Et ne regarde point vn Roy de qui la main
Souffre tremper le glaiue au pauure sang humain.

 D'vne si belle Paix chantons tous la merueille,
S'il vous plaist de prester vostre Royalle oreille,
Et que deuant vos yeux mes vers puissent entrer,
Et de vostre faueur le bon-heur rencontrer.

 Auant l'ingenieuse ordonnance du Monde
Le feu, l'air & la terre, & l'enfleure de l'onde
Estoient en vn monceau confusement enclos,
Monceau que du nom Grec on surnomme Chaos,
Sans forme, sans beaute, lourde & pesante masse,
Comme vn cors engourdy ne bougeoit d'vne place
Le chaut auoit debat auecques la froideur,
Le pesant au leger, le froid centre l'ardeur,
Et contre le cors sec l'humide auoit querelle,
Sans jamais appaiser leur noise mutuelle:
Mais la bonne nature & le grand Dieu qui est,
A qui tousiours la guerre & le discord desplaist,
Chassa l'inimitié & leurs guerres encloses,
Par l'aide de la Paix mere de toutes choses.

 Loin au rond de la terre elle fit escumer
En leur propre vaisseau les vagues de la mer:
Puis elle d'vn grand tour separa la closture
De l'air qui est subtil & vague de nature,

A iii

Puis le feu, puis la Lune & les Astres globeux,
Puis la voute du Ciel qui tourne à l'entour d'eux.

Apres avoir par ordre arangé la Machine,
Et lié ce grand corps d'vne amitié diuine,
Elle fit attacher à cent chaines de fer
Le mal-heureux Discord aux abimes d'enfer:
Puis au throne de Dieu qui tout void & dispose
Alla prendre sa place, où elle se repose.

Quand les pechez d'vn peuple, ou les fautes d'vn
    Roy
En rompant toute honte ont violé la loy,
Et le sang innocent la vengeance demande:
Le grand Dieu tout-puissant à ses Anges commande
Deschainer le Discord, à fin que detaché
Du peuple vitieux punisse le peché:
Mais auant sa venuë, en cent mille presages
Le Ciel nous fait certains de noz futurs dommages.
Sans nuë en temps serain à dextre il fait tonner,
Par l'obscur de la nuit il nous vient estonner
D'vn grand cheuron de feu, qui hideux la trauerse,
Puis dessus quelque ville il tombe à la renuerse:
La Comete aux grands crains tous sanglãs & ardãs
Predit de noz mal heurs les signes euidans:
Le Tybre desborde de son canal fouruoye,
Et l'Arne tous les champs de la Tuscane noye:
Vne chasse de chiens s'eslance par les Cieux:

Les monstres contrefaits & de testes & d'yeux
Comme auant messagers de mauuaise auanture
Apparoissent au monde en despit de nature.
Adoncques le Discord caut, meschant & subtil,
En sa main deschainte apporte le fusil
La pierre & la flamesche, & d'vn brandon qui fume
D'vn feu lent & secret, tous les peuples allume.
      Adoncques la justice, & la simple amitié,
Vergongne, preud'homie, innocence, & pitié
Couuertes d'vne nuë au monde ne sejournent,
Et pour se plaindre à Dieu dans le Ciel s'en retournêt
Vne frayeur, vn bruit, vne esclatante vois
De tous costez on oit & hommes & harnois :
Vn peuple contre lautre en armes se remuë,
Vne forte cité contre l'autre est esmuë.
Vous auez gaigné plus & d'honneur & de bien,
De laisser ces combats qui ne seruoient de rien,
Desus la dure enclume on battoit les espces,
Et l'acier & le fer les lames detrampces
Se tournoient en cuirasse, & se laissoient forger
En dagues & poignards pour nous entre esgorger:
Car on ne combatoit pour lamour d'vne jouste,
D'vn pris, ou d'vn tournoy, mais las! à fin qu'on ouste
L'vn à l'autre la vie, & à fin que la mort
Du foible combatant soit le pris du plus fort,
Si les meschancetez a tous estoient permises:

Du pauure sang humain rempliroient les Eglises,
Le docte & l'ignorant eussent eu mesme fin,
La finesse n'eut peu seruir à l'homme fin,
Ny les piedz aux craintifs: la cruelle arrogance
Du fer ambitieux se donnoit la licence
De vaguer impunie, & sans auoir egard
A la crainte des loix, perçoit de part en part
Aussi bien l'estomac d'vne jeune pucelle,
Que celuy d'vn enfant qui pend à la mammelle:
Les vieillars de leurs litz estoient tous deboutez,
Et l'image de mort vagoit de tous costez.
Aucunefois la peste & la maigre famine
Acompagnoient la guerre: ainsi la main diuine
De trois verges batoit le peuple vicieux
Qui s'armoit de son vice, & despitoit les cieux:
Mais au peuple reduit recognoissant sa faute,
Qui craignoit l'Eternel & sa puissance haute
Il luy à donné la paix, le rendant plus heureux
Que jamais le Discord ne le fit mal-heureux.

Adonq' de bons espics les campagnes jaunissent,
Parmy les prez herbeux les fleurs s'espanouissent
Le long d'vn beau riuage, & plus haut les raisins
Au sommets des costaux nous meurissët leurs vins:
Le peuple à laise dort, les citez sont tranquilles,
Les Muses & les arts fleurissent par les villes,
La grauité se monstre auecques la vertu,

Et par

Et par la sainte loy le vice est abatu:
Les nauires sans peur dans les haures abordent,
Auec les estrangers les estrangers s'acordent,
Et s'entre-saluant arrachent la rancœur
Que par vne vangeance ils se portoient au cœur.
Venus auec son fils (elle de ses flameches,
Luy enfant tout armé de trousses & de fleches)
Erre parmy le peuple & aux ieunes plaisirs
Des combats amoureux chatouillent noz desirs.
  Amour côme vne flame entre dans noz courages,
Il assemble les cœurs, il ioint les mariages,
Entre deux puissans Rois, & en lieu de tuer
Les humains, comme Mars, les fait perpetuer.
  Personne ne s'eueille aux effrois des alarmes,
Le dos n'est point courbé sous la charge des armes,
On n'oyt plus les canons horribles entonner,
Mais la lyre & le luth doucement resonner
Aupres de l'Amoureuse & se nourir l'oreille
Du son, & la baiser en la bouche vermeille.
  Puis de là sans danger les embuches se font
Aux cerfs qui vont portans vn arbre sur le front,
Aux dains qui sont craintifs, ou de rets on enferme
Le sanglier furieux qui cruellement s'arme
Contre vn autre Adonis, ou l'on pourfuit au cours
Le Cheureul qui à mis en ses pieds son secours:
On chante, on saute, on rid par les belles préries

B

On fait tournois, festins, masques & mommeries,
Chacun vit sans contrainte & à son aise aussi,
Et du pied contre terre on fou'e le soucy.
Mais pourquoy m'amusay-ie à chose si petite,
Quand les Astres du Ciel, & tout ce qui habite
D'escaillé dans la mer, les grands monstres des eaux,
Tout ce qui vit en terre, & les legers oiseaux
Qui pendus dedans l'air sur les vents se soustiennēt,
Sont tous remplis d'amour, & par luy s'entretiennēt.
     Quand pour trop abonder, les Elemens diuers
L'vn à l'autre ont discord, tout ce grand Vniuers
Languist en maladie, & nous monstre par signe
Qu'vne haine nouuelle offence la machine:
Car l'air qui la reçoit comme subtil & prompt,
Se deult de telle haine, & soudain se corrompt,
Et en se corrompant les terres il offence,
Versant ores la fieure, ores la pestilance:
Il gaste bleds & vins, & espand mile maux
Sur l'homme miserable & sur les animaux.
Ainsi quand les humeurs qui nostre corps composent,
En tranquille amitié dedans nous se reposent,
Mais en se hayssant abondent en discord:
Lors vient la maladie, & bien souuent la mort,
Si le bon medecin ne trouue la maniere
Par art de les remettre en amitié premiere.
Ainsi par l'amitié la vie s'entretient,

Et la mauuaise mort par la noise suruient.
Or voila donc combien la paix est trop plus belle
Et meilleure aux humains que n'est pas la querelle.

Sire, je vous suppli' de croïre qu'il vaut mieux
Se contenter du sien, que d'estre auaritieux
Il faut donner aux siens mal-heureux qui desire
Ainsi comme à trois dez hasarder vostre Empire
Sous le jeu de Fortune, & auquel on ne sçait
Si l'incertaine fin doit respondre au souhait,

Que desirez-vous plus? quãd la paix est en Frãce!
L'homme qui n'est content & qui à s'enrichir pense,
Quand il seroit vn Dieu, est mal-heureux, d'autant
Que tousiours il desire & n'est jamais content.

Princes vous deuez bien grder en la memoire:
Que seruir votre Roy c'est votre plus grand gloire,
Tenez vous pres de luy, & n'ayez volonté
Que celle la qui plaist seule a sa Majesté?

Pource nobles Seigneurs & vo° nobles gẽdarmes,
Et de bouche & de cœur detestez moy les armes:
Au croq voz morrions pour jamais soient liez,
A l'entour l'arignée en filant de ses piez
Y ourdisse ses rets, & en vos creuses targes
Les ouurieres du miel y deposent leurs charges:
Reforgez pour jamais le bout de vostre estoc,
Le bout de vostre pique en la pointe d'vn soc:
Vos lances desormais en vouges soient trempées,

Et en faux desormais courbés moy vos espées,
Et que le nom de Mars, ses crimes & ses faits
Ne soient plus entendus mais le beau nom de paix,
   Donc Sire, puisq̄ue Dieu (qui de vostre couronne
Et de vous a pris soin) Paix sa fille se donne,
Present qu'il n'auoit fait aux grãds Rois voz ayeux:
Gardez bien ce joyau, il vous enrichist mieux
Que si auiez domté par vne longue guerre
Dessous vostre pouuoir la rondeur de la terre.
Sus donc embrassez-la & embrassez aussi
De la Royne l'honneur qui la voulu ainsi,
   Qui par diuers moyēs d'vne entreprise sage
La faict à vostre honneur & à vostre auantage.
   O Paix fille de Dieu, qui nous vient resiouyr
Comme l'aube du jour qui fait r'espanouyr
Auecques la rosée vne rose fleurië:
Que l'ardeur du Soleil auo't rendu fletrië:
Apres la guerre ainsi venant en ce bas lieu,
Tu nous as réjouys ô grand fille de Dieu.
Chasse ie te suppli la guerre & les querelles
Bien loin du bord Chrestien dessur les infidelles,
Turcs, Parthes, Mamelus, Scythes & sarrasins,
Et sur ceux qui du Nil sont les proches voisins:
Que souhaitez vous plus? la France est à infi agʼã
   malle,
Et auez fait de vous mainte preuue honorable:

Elle defaroucha de nos premiers ayeux
Les cœurs rudes & fiers, & les fist gracieux,
Et d'vn peuple vagant és bois à la fortune,
Parmy les grands citez en fist vne commune.

Faut donques que celuy qui sera le moyen
Entre le Roy & eux de rompre ce lien,
Meure traby des siens d'vne playe cruelle,
Et qu'aux champs les matins luy succent la ceruelle
Que ces enfans banis puissent mourir de faim
D'huys en huys sans trouuer qui leur jette du pain.

Donne-nous que celuy qui mettra soin & paine
De seruir notre Roy, voye sa maison plaine
De faueurs & de biens, & qu'il voye fleurir
Ses enfans en honneur auant que de mourir:
Donne-nous tout cela: donne nous d'auantage,
Afin que le repos n'eneruë le courage
De LOYS nostre Roy en jeux voluptueux,
Qu'il soit pour tout jamais (comme il est) vertueux,
Que son esprit s'adonne aux choses d'importance,
Et qu'imitant son pere il ayme la clemēce,
Afin qu'au temps de paix il fleurisse en sçauoir
Autant qu'il fist jamais en force & en pouuoir.
Dieu est ce Dieu benin lequel jamais n'oublie
Soit tost ou tard, celuy qui de bon cœur le prie)

Donc paix fille de Dieu, veille-toy souuenir
Si je t'inuoque à gre, maintenant de venir
Rompre l'ire à jamais, & pour l'honneur de celle
Que Iesuchrist a faite au monde vniuerselle
Entre son pere & nous, repousse de ta main
Loin du peuple François le discord inhumain
Qui ore est estouse, & vueilles de ta grace
Bien heurer ce LOVIS auec toute sa race.